ÉPITRE

A UN JEUNE ROMANTIQUE

SUR

LA GLOIRE LITTÉRAIRE DE LA FRANCE.

INSTITUT DE FRANCE.

ACADÉMIE FRANÇAISE.

ÉPITRE

A UN JEUNE ROMANTIQUE

SUR

LA GLOIRE LITTÉRAIRE DE LA FRANCE,

PIÈCE QUI A REMPORTÉ LE PRIX DE POÉSIE DÉCERNÉ PAR L'ACADÉMIE
FRANÇAISE DANS SA SÉANCE PUBLIQUE DU 9 AOUT 1831.

PAR M. A. BIGNAN.

PARIS,

DE L'IMPRIMERIE DE FIRMIN DIDOT FRÈRES,

IMPRIMEURS DE L'INSTITUT, RUE JACOB, N° 24.

1831.

ÉPITRE

A UN JEUNE ROMANTIQUE

SUR

LA GLOIRE LITTÉRAIRE DE LA FRANCE.

— Post tenebras lux. —

Ami, toi qui, d'hier échappé du collége,
Brûles pour les faux dieux un encens sacrilége,
Permets que de ma voix les classiques accens
Dans ton cerveau troublé ramènent le bon sens.
Si mieux que la raison, l'amitié persuade,
Puisses-tu, servant l'art que ton erreur dégrade,
Préférer un or pur à de grossiers lingots,
La lumière à la nuit et le monde au chaos!

Eh quoi! jeune apostat du culte de tes pères,
Tu prétends qu'avant toi, condamnée aux lisières,
La France bégayait; qu'elle parle aujourd'hui;
Que, née avec le siècle et forte comme lui,
Ta secte, du génie a découvert la source,
Et, dans le vrai chemin portant sa libre course,
Pour la première fois franchira ces sommets
Que Racine et Boileau n'atteignirent jamais!

I

Néophyte zélé du Baal romantique,
Iconoclaste ardent de toute gloire antique,
Ton esprit, s'élançant hors du cercle tracé,
Voit tout dans l'avenir et rien dans le passé.
Sans doute chaque siècle à la pensée humaine
Offre un anneau de plus pour prolonger sa chaîne ;
Toujours semblable au sol qui tourne sous nos pas,
L'intelligence marche et ne s'arrête pas.
Les lettres, de nos mœurs interprètes fidèles,
Doivent marcher aussi, quand tout marche autour d'elles.
L'art, comme la nature, a plus d'un horizon.
Mais dis-moi : le génie exclut-il la raison ?
Ce génie inventeur, habile à nous instruire,
A besoin de créer et non pas de détruire.
Poète ou prosateur, pense au lieu de rêver ;
Soumets au frein du goût la fureur d'innover ;
Vrai sans être grossier, neuf sans être bizarre,
Cherche le sens commun, chose aujourd'hui si rare !
Et rétablis enfin par un prudent traité
L'alliance de l'ordre et de la liberté.
Quand cette liberté dégénère en licence,
Lorsque, détruisant l'art dans son intime essence,
Nain jaloux des géants qui resteront debout,
Tu ne veux tout changer que pour renverser tout,
Crois-tu, des noms fameux outrageant la mémoire,
Lever impunément la main sur notre gloire ?
Contemplant de tes pas l'essor irrégulier,
Puis-je donc t'applaudir, si, rhéteur écolier,

(3)

Tu prônes ces rimeurs, ces grands hommes imberbes,
Qui, des arrêts du goût profanateurs superbes,
Mêlent, en accouplant mille genres divers,
Tant de vers à leur prose et de prose à leurs vers,
Et, craignant des journaux la critique maligne,
Achètent de la gloire à trente sous par ligne,
Où, formant entre amis un public fraternel,
S'accordent pour un jour leur brevet d'immortel ;
Ces drames merveilleux où l'on rit, où l'on pleure,
Où plus d'un siècle étouffe entassé dans une heure,
Où l'art, du machiniste implorant le métier,
Resserre en un seul coin l'univers tout entier ;
Ces vers qu'un nouveau Sphinx propose à des OEdipes ;
Le laid et le grotesque érigés en principes ;
Enfin, tous ces auteurs dont la muse au berceau,
Inventant le passé, croit trouver du nouveau,
Et loue, en exhumant Ronsard et sa Pléiade,
Dans un style caduc un progrès rétrograde ?
Quand le faux goût succède au bon sens d'autrefois,
Les essais aux chefs-d'œuvre et l'anarchie aux lois,
O honte ! menacé par quelques mains ingrates,
Le temple du génie aurait ses Érostrates,
Qui sur les saints débris de ce temple fumant
Dresseraient leur barbare et confus monument,
Littéraire Babel où, blasphémant à l'aise,
Toute langue leur plaît, hors la langue française !

Insensé novateur ! si des creusets du temps

I.

(4)

Des chefs-d'œuvre éprouvés sortent plus éclatans,
Diras-tu, récusant le commun témoignage,
Que l'univers se trompe et que toi seul es sage?
Peut-être as-tu pensé que des objets nouveaux
Cherchent d'autres couleurs, veulent d'autres pinceaux !
Mais, pour justifier ta bizarre peinture,
Commence, si tu peux, par changer la nature ;
Refais l'homme, et, rival de ton puissant auteur,
D'un second genre humain deviens le créateur !
Vain espoir ! sauras-tu dépasser les limites
Qu'à l'univers moral Dieu lui-même a prescrites ?
Des mœurs, des passions, des lois et des états
La forme peut changer, le fonds ne change pas :
Tels ces flots que des mers balance la surface,
Tantôt calmes, tantôt soulevant leur menace,
Là choquent des écueils, ici baignent des ports,
Et, fuyant un rivage, usurpent d'autres bords,
Tandis que, sans tarir, l'antique amas des ondes
Roule, toujours immense, en leurs sources profondes.
L'homme ainsi reste l'homme, et le chantre inspiré,
Compris par chaque siècle, est partout admiré.
Les astres dont ta muse a salué l'aurore,
S'éteignent en naissant…. Homère vit encore.

Pourquoi donc accuser ces talens souverains,
Qui, toujours vrais, toujours semblent contemporains?
« Ces classiques, objet de tes dédains impies,
« Ont seulement, dis-tu, copié des copies.

« Comme un humble écolier, répétant sa leçon,
« Leur triste psalmodie, écho du même son,
« Nous endort, et leur art, éternel plagiaire,
« Rampe orgueilleusement dans une étroite ornière.
« Où sont-ils ? dès long-temps leur laurier s'est flétri ;
« Pégase est essoufflé, le Permesse est tari ;
« Jupiter, roi déchu d'un trône imaginaire,
« Est tombé sous les coups de son propre tonnerre,
« Et, jonché de pavots, le vieux Parnasse en deuil
« Pour ses dieux inhumés n'est qu'un vaste cercueil. »

J'en conviens avec toi : le temps qui sur ses ailes
Nous apporte en fuyant des croyances nouvelles,
Destructeur des autels par lui-même bâtis,
Laissa dans leur Léthé tous ces dieux engloutis.
Mais ce voile enchanteur de la mythologie,
Dont trois mille ans à peine ont usé la magie,
(Et je doute, pardonne à mon doute païen !
Que ton culte nouveau dure autant que l'ancien.)
Ce voile garde encor sous sa vieille parure
D'un modèle éternel la vivante peinture.
Vois, de la muse antique habiles héritiers,
Nos auteurs découvrir de plus larges sentiers,
Créer en imitant, et de leur gloire immense
A des sillons divers prodiguer la semence.
Rabelais, surnommé notre Homère bouffon,
Montaigne dont souvent le doute est la raison,
Ont-ils vu se traîner sur leur servile trace

Pascal et Bossuet, qui dans leur sainte audace,
De l'homme mesuré par leur main de géant
Terrassent la grandeur sous son propre néant?
La muse qui créa La Fontaine et Molière,
Cette muse à la voix sublime et familière,
N'a-t-elle point, marchant par un double chemin,
Ou naïve ou caustique, instruit le genre humain,
Tandis que Despréaux, dans sa verve mordante,
Flagellant des Cotins la sottise pédante,
Des préceptes du goût sévère fondateur,
Burine sur l'airain son vers législateur?
Ces trois aigles rivaux qui, d'une aile hardie,
Planent avec orgueil sur notre tragédie,
Ont-ils donc, entraînés par un essor pareil,
Dirigé leurs regards vers le même soleil?
Majestueux athlète à la stature altière,
Quel poète d'abord, franchissant la barrière,
S'avance? son génie, éternel novateur,
Des héros qu'il célèbre égale la hauteur.
C'est Corneille! salut au poète grand homme,
Dernier Romain debout sur les débris de Rome!
Quel autre sur la page, humide de ses pleurs,
Retrace de l'amour la joie ou les douleurs?
Son cœur est son oracle, et sa voix plus qu'humaine,
Touchante nous émeut, puissante nous entraîne,
Soit qu'il nous montre en proie à leurs transports jaloux
Roxane au désespoir ou Néron en courroux,
Soit que sa muse, en Dieu chastement recueillie,

Soupirant les beaux vers d'Esther et d'Athalie,
Semble un fidèle écho de ces concerts pieux
Qu'au bruit des harpes d'or on chante dans les cieux.
Quand Voltaire, applaudi d'un peuple enthousiaste,
Philosophe au théâtre, ouvre un chemin plus vaste,
Son génie, élancé sur des ailes de feu,
Change la scène en temple et le poète en dieu ;
D'un nuage d'encens sa gloire l'environne,
Et, courbé devant lui, son siècle le couronne.

Voilà donc les vainqueurs que tu veux détrôner !
Mon classique courroux ne doit-il pas tonner,
Lorsque, de la raison brisant les saintes règles,
Tes hardis roitelets insultent à nos aigles ?
Ah ! plutôt, respectant nos antiques succès,
Français, incline-toi devant des noms français.

Parcours ce champ qu'ailleurs plus d'un laurier décore ;
Molière y moissonna ; Regnard y glane encore.
Le Sage, après Dancourt, lègue à d'autres pinceaux
Deux types éternels, les fripons et les sots,
Et, faisant admirer un travers qu'il condamne,
Le poète en Piron absout le métromane.
De la scène au roman se frayant un sentier,
L'art comique en Gil-Blas peint l'homme tout entier.
Vois-tu jusques aux cieux monter d'un vol superbe
L'ode qui, parmi nous venue avec Malherbe,
Doit sa pompe à Rousseau, son audace à Lebrun,

Et dans André Chénier exhale un doux parfum ?
Partout, comme un torrent ou comme un lac limpide ,
Le style se déploie, abondant ou rapide,
Élégant dans Chaulieu, naturel dans Marot,
Magnifique en Buffon, fougueux chez Diderot ;
Tantôt vif et piquant dans ces légères pages,
D'un conteur un peu libre aimables badinages,
Que la muse au front chaste, au langage décent,
N'admirant qu'à regret, couronne en rougissant ;
Tantôt riche et hardi, quand la parole sainte
De nos temples émus remplit l'auguste enceinte,
Quand l'histoire raconte ou lorsque avec fierté
La tribune s'agite au cri de liberté.
O merveille ! quel bruit sous ces voûtes résonne ?
C'est la foudre, c'est plus, c'est Mirabeau qui tonne.
Nommerai-je Ducis qui, poète brûlant,
Dans son cœur d'honnête homme a trouvé son talent,
Delille dont la muse, harmonieuse et pure,
De ses vers élégants fait briller la parure,
Le Tibulle français, Parny, cher aux amours,
Parny qu'on sait par cœur et qu'on relit toujours,
L'auteur de Mélanie et ce chantre sévère
Qui loua Fénélon et qui punit Tibère,
Beaumarchais qui, jetant le sarcasme à pleins flots,
Vit crouler les abus au bruit de ses grelots,
Fabre, Collin, Picard, tous ceux en qui la France
Ou contemple une gloire ou place une espérance,
Et que l'art, pour soutiens fier de les avouer,

S'ils n'étaient pas vivants, aimerait à louer ?
O ma patrie ! ainsi, puissante enchanteresse,
Ta muse tour à tour plaît, séduit, intéresse,
Ta muse qui d'abord répète avec tes preux
De l'hymne de Roland le refrain belliqueux,
Puis, dans tes romanciers, balance pour trophées
Le fer des paladins, la baguette des fées,
Ou du règne éclatant d'un François, d'un Louis
Réfléchit les couleurs à nos yeux éblouis,
Libre esclave du goût, dans un sage délire,
Façonne à tous les chants les cordes de sa lyre,
Trace avec un compas les limites de l'art,
Agite la marotte ou saisit le poignard,
Célèbre les exploits du sceptre et de l'épée,
Fredonne la chanson, déclame l'épopée,
Fait gémir l'élégie en douloureux accords,
Ou précipite l'ode aux sublimes transports,
Et, riche de vigueur, d'éclat et d'harmonie,
Superbe, le front ceint des palmes du génie,
Semble, comme un bel arbre aux rameaux toujours verts,
Sous son ombrage immense embrasser l'univers.

Ami ! si devant nous cet arbre encor s'élève,
C'est peu : vois tous les fruits nés de sa forte sève ;
Vois régner sur le vice à ses pieds abattu
Le talent qui n'est rien, s'il n'est pas la vertu,
Et ce siècle géant dont l'ame fut Voltaire,
Éclairer, affranchir et rajeunir la terre.

2

Quels athlètes puissants luttent contre l'erreur !
C'est Rousseau dont la voix, sublime en sa fureur,
Exhale dans un style ardent comme la flamme
La passion du bien qui dévore son ame.
C'est Montesquieu qui vient des peuples et des rois
Replacer le pouvoir sur la base des lois,
Rebâtir leur vrai temple et sur le frontispice
Graver deux mots sacrés : *l'honneur et la justice !*
C'est Voltaire, des arts monarque universel,
Qui poursuit l'imposteur caché près de l'autel,
Plaint le malheur, défend ou venge l'innocence,
Armé de la parole, en fait une puissance,
Et, vers un but nouveau poussant l'humanité,
Vole par cent chemins à l'immortalité.
Tout s'éveille, s'agite et sur l'Europe entière
Le génie en courant disperse sa lumière.

Ingrat ! lorsque partout imités ou traduits,
Nos auteurs, de leur muse ont vu germer les fruits,
Quand, partout voyageant, notre langue éternelle
S'est créé hors de France une France nouvelle,
Chez les peuples lointains, témoins de nos exploits,
A transporté nos arts, nos sciences, nos lois,
Et, des vieux préjugés chassant la nuit profonde,
Comme un levier puissant, a remué le monde,
Des Velches osent-ils toucher à nos lauriers ?
Contre la barbarie armé pour tes foyers,
Combats et ne va plus, traître par alliance,

(11)

T'unir aux étrangers pour dépouiller la France.
S'ils vantent leur pays, ne rougis pas du tien.
Fais plus : des grands talens libre concitoyen,
Vouant à tous les dieux ta sainte idolâtrie,
Sois juste envers chacun, même envers ta patrie.
Conviens que son génie, immense conquérant,
A la tête du monde a su prendre son rang,
Et qu'insultée en vain, sa gloire inviolable,
Debout sur un trophée, y reste inébranlable :
Ainsi, lorsque unissant leurs bras mal affermis,
Des Français égarés, de jaloux ennemis,
Voulaient, dans leur courroux, mutilant notre histoire,
Briser ce monument dressé par la victoire,
Cette noble colonne au front pyramidal
Dont l'Europe a fourni le bronze triomphal,
La corde où s'attachait un ramas de pygmées,
Se rompit et, sauvant nos grandes renommées,
Contre d'obscurs efforts le colosse guerrier
Couvert de vingt combats, comme d'un bouclier,
Immobile, semblait, au-dessus de l'outrage,
Garder de notre honneur l'éternel héritage.

IMPRIMERIE DE FIRMIN DIDOT FRÈRES,
IMPRIMEURS DE L'INSTITUT, RUE JACOB, N° 24.